JN274839

シルバー川柳

誕生日
ローソク吹いて
立ちくらみ

社団法人全国有料老人ホーム協会＋ポプラ社編集部編

ポプラ社

シルバー川柳

イラストレーション　古谷充子
ブックデザイン　鈴木成一デザイン室

シルバー

【silver [sílvər]】

和製英語で「老年世代」をさす。頭が白髪（シルバー）になることからの連想で、語源は日本の鉄道における「シルバーシート」から。多くの経験を積み、さまざまな物事に熟達しているとされるシルバー世代。いっぽう加齢に伴い、心身機能の衰えに悩むことも多い。用例として、シルバーシート、シルバーエイジ、シルバー人材センターなど。

日帰りで
行ってみたいな
天国に

斎千代子・女性・宮城県・71歳・無職

ＬＥＤ使い切るまで無い寿命

佐々木義雄・男性・京都府・78歳・無職

紙とペン
探してる間に
句を忘れ

山本隆荘・男性・千葉県・73歳・無職

10

味のない
煮ものも嫁の
おもいやり

海老原順子・女性・茨城県・57歳・主婦

三時間
待って病名
「加齢です」

大原志津子・女性・新潟県・65歳・無職

改札を
通れずよく見りゃ
診察券

津田博子・女性・千葉県・46歳・主婦

二世帯を
建てたが息子に
嫁が来ぬ

滝上正雄・男性・神奈川県・64歳・会社員

女子会と言って出掛けるデイケアー

中原政人・男性・千葉県・74歳・無職

起きたけど
寝るまでとくに
用もなし

吉村明宏・男性・埼玉県・73歳・無職

躓《つまず》いて
何もない道
振り返り

山田徹・男性・群馬県・44歳・会社員

目覚ましの
ベルはまだかと
起きて待つ

山田宏昌・男性・神奈川県・71歳・経営コンサルタント

延命は
不要と書いて
医者通い

賣市高光・男性・宮城県・70歳・無職

ガガよりも
ハデだぞウチの
レディーババ

葵春樹・男性・千葉県・31歳・無職

年重ね
もう喰べられぬ
豆の数

乗鞍澄子・女性・兵庫県・88歳

おじいちゃん冥土の土産はどこで買う？

角森玲子・女性・島根県・44歳・自営業

年金の扶養に入れたい犬と猫

藤木久光・男性・福岡県・68歳・無職

指一本スマホとオレをつかう妻

髙橋多美子・女性・北海道・51歳・パート

忘れ物
口で唱えて
取りに行き

角佐智恵・女性・福岡県・77歳・無職

28

遺影用
笑い過ぎだと
却下され

神谷泉・女性・愛知県・50歳・パート

湯加減を
しょっちゅう聞くな
わしゃ無事だ

男性・岐阜県

誕生日
ローソク吹いて
立ちくらみ

今津茂・男性・大阪府・63歳・会社員

万歩計
半分以上
探しもの

工藤光司・男性・大阪府・68歳・無職

振り返り
犬が気遣う
散歩道

森内奈穂子・女性・北海道・44歳・アルバイト

カード増え
暗証番号
裏に書き

石田るみ子・女性・兵庫県・59歳・地方公務員

少ないが
満額払う
散髪代

林善隣・男性・東京都・66歳・自営業

なれそめを
初めてきいた
通夜の晩

中松千尋・女性・鹿児島県・25歳・パート

まだ生きる
つもりで並ぶ
宝くじ

酒井具視・男性・東京都・36歳・会社員

これ大事 あれも大事と ゴミの部屋

川端和子・女性・東京都・67歳・介護ヘルパー

お迎えは
どこから来るのと
孫が聞く

眞鍋ミチ子・女性・愛媛県・73歳・主婦

未練ない
言うが地震で
先に逃げ

廣川利雄・男性・千葉県・84歳・無職

「いらっしゃい」孫を迎えて去る諭吉

上本幸子・女性・大阪府・63歳・パート

目には蚊を
耳には蝉を
飼っている

中村利之・男性・大阪府・67歳・無職

「お年です」
それが病気か
田舎医者

松浦宏守・男性・千葉県・83歳・無職

飲み代が
酒から薬に
かわる年

岡武祐史・男性・滋賀県・72歳・会社役員

歩こう会
アルコール会と
聞き違え

本田満・男性・大阪府・66歳・無職

ボランティアするもされるも高齢者

合田杉朗・男性・神奈川県・49歳・会社員

若作り
席をゆずられ
ムダを知り

津村信之・男性・東京都・71歳・無職

聴力の
検査で測れぬ
地獄耳

大沢紀恵・女性・新潟県・71歳・主婦

中身より字の大きさで選ぶ本

西村嘉浩・男性・神奈川県・71歳・無職

郵便はがき

おそれいりますが切手をおはりください。

160-8565

〈受取人〉

東京都新宿区大京町22－1

株式会社 ポプラ社

一般書編集局 行

お名前 （フリガナ）

ご住所 〒 TEL

e-mail

ご記入日 年 月 日

ご愛読ありがとうございます。

読者カード

●ご購入作品名

［　　　　　　　　　　　　　　　　］

●この本をどこでお知りになりましたか？

1. 書店（書店名　　　　　　　　）　2. 新聞広告
3. ネット広告　4. その他（　　　　　　　）

年齢　　歳　　　性別　男・女

ご職業　1.学生（大・高・中・小・その他）　2.会社員　3.公務員
4.教員　5.会社経営　6.自営業　7.主婦　8.その他（　　）

●ご意見、ご感想などありましたら、是非お聞かせください。

●ご感想を広告等、書籍のPRに使わせていただいてもよろしいですか？

（実名で可・匿名で可・不可）

●このハガキに記載していただいたあなたの個人情報（住所・氏名・電話番号・メールアドレスなど）宛に、今後ポプラ社がご案内やアンケートのお願いをお送りさせていただいてよろしいでしょうか。なお、ご記入がない場合は「いいえ」と判断させていただきます。

（はい・いいえ）

本ハガキで取得させていただきますお客様の個人情報は、以下のガイドラインに基づいて、厳重に取り扱います。

1. お客様より収集させていただいた個人情報は、よりよい出版物、製品、サービスをつくるために編集の参考にさせていただきます。
2. お客様より収集させていただいた個人情報は、厳重に管理いたします。
3. お客様より収集させていただいた個人情報は、お客様の承諾を得た範囲を超えて使用いたしません。
4. お客様より収集させていただいた個人情報は、お客様の許可なく当社、当社関連会社以外の第三者に開示することはありません。
5. お客様から収集させていただいた情報を統計化した情報（購読者の平均年齢など）を第三者に開示することがあります。
6. はがきは、集計後速やかに断裁し、6か月を超えて保有することはありません。

●ご協力ありがとうございました。

入場料
顔見て即座に
割り引かれ

赤羽慶正・男性・東京都・71歳・無職

できました老人会の青年部

後藤順・男性・岐阜県・51歳・団体職員

探しもの
やっと探して
置き忘れ

原峻一郎・男性・佐賀県・80歳・無職

妻の愚痴
頷いてたら
俺の事

筒井俊明・男性・静岡県・38歳・会社員

なぁお前
はいてるパンツ
俺のだが

紫牟田健二・男性・福岡県・60歳・無職

クラス会食後は薬の説明会

渡辺克己・男性・千葉県・75歳・無職

腰よりも
口につけたい
万歩計

鈴木孝周・男性・東京都・67歳・パート

老の恋
惚《ほ》れる惚《ぼ》けるも
同じ文字

池田又昭・男性・埼玉県・70歳・無職

立ちあがり
用事忘れて
また座る

渋谷史恵・女性・宮城県・37歳・無職

場を察知
呆けたふりして
なごませる

池田くるみ・女性・茨城県・71歳・主婦

孫の声
二人受話器に
頬を寄せ

中久保四郎・男性・広島県・76歳・農業

無農薬
こだわりながら
薬漬け

中谷弘吉・男性・大阪府・65歳

留守電に
ゆっくりしゃべれと
どなる父

土屋美智子・女性・奈良県・58歳・会社員

何回も
話したはずだが
「初耳だ！」

井上榮子・女性・東京都・73歳・主婦

孫帰り
妻とひっそり
茶づけ食う

村上和義・男性・奈良県・66歳・無職

婆さんよ
犬への愛を
少しくれ

長野芳成・男性・大阪府・58歳・会社員

デジカメは
どんな亀かと
祖母が訊く

長谷川しょう子・女性・富山県・83歳・主婦

82

名が出ない
「あれ」「これ」「それ」で
用を足す

柴田紀子・女性・愛知県・51歳・主婦

ご無沙汰を故人がつなぐ葬儀場

中山邦夫・男性・広島県・69歳・無職

お若いと
言われ帽子を
脱ぎそびれ

大矢伸・男性・兵庫県・76歳・無職

孫の菓子
ひとつもらって
諭吉出す

伊藤仁美・女性・岩手県・49歳・パート

このごろは
話も入れ歯も
噛み合わず

保岡直樹・男性・東京都・35歳・会社員

深刻は
情報漏れより
尿の漏れ

柳田功・男性・東京都・49歳・整体師

いざ出陣
眼鏡補聴器
義歯携帯

新井実・男性・埼玉県・79歳

介護して
ふたたび芽生える
夫婦愛

西村健二・男性・三重県・31歳・社会福祉士

くり言を
犬はまじめな
顔で聞く

伊藤ツヤ子・女性・愛知県・69歳・主婦

妻旅行
おれは入院
ねこホテル

大岡裕二・男性・東京都

定年だ
今日から黒を
黒と言う

荻原三津夫・男性・群馬県・52歳

助手席の
妻は昔の
上司並み

松川靖・男性・埼玉県・74歳・無職

恋かなと
思っていたら
不整脈

高木眞秀・男性・福岡県・75歳・会社員

早送りしたい女房の愚痴小言

沢登清一郎・男性・山梨県・62歳・自営業

自己紹介
趣味と病気を
ひとつずつ

北川賢二・男性・大阪府・52歳・自営業

老い二人
集金人に
お茶を出す

木村とし代・女性・茨城県・72歳

妖精と呼ばれた妻が妖怪に

浜ちゃん・男性・大阪府・68歳・無職

複雑だ
孫が喜ぶ
救急車

荒木大然・男性・神奈川県・27歳・会社員

目薬を
差すのになぜか
口を開け

深代正・男性・群馬県・72歳・無職

立ちあがり
用を忘れて
立ちつくし

髙橋多美子・女性・北海道・48歳・主婦

妻肥満
介護になったら
俺悲惨

小早川勝敏・男性・福岡県・66歳・無職

惚れ込んだ
笑窪も今や
皺の中

薄木博夫・男性・茨城県・78歳・無職

ひ孫孫
名前混乱
全部言う

山崎ちか子・女性・新潟県・40歳・主婦

110

良い医者を
待合室で
教えられ

土方昭光・男性・東京都・76歳・無職

へそくりの
場所を忘れて
妻に聞く

岡部美穂・女性・東京都・29歳・会社員

景色より
トイレが気になる
観光地

坂本眞理子・女性・埼玉県・59歳・主婦

老一人
家電ブザーに
返事をし

森下悦夫・男性・兵庫県・73歳・自由業

喜寿だけど
恩師の前では
女子高生

古曽部弓・女性・北海道・49歳・アルバイト

三月前
教えた将棋で
孫に負け

西森茂夫・男性・石川県・86歳・無職

手をつなぐ
昔はデート
今介護

金山美智子・女性・大阪府・76歳・無職

「こないだ」と五十年前の話する

大森千穂・女性・大阪府・43歳・主婦

年重ね
くしゃみするのも
命がけ

近郷元信・男性・東京都・23歳・フリーター

終わりに

年をとるって悪くないよ

「シルバー川柳」は、社団法人全国有料老人ホーム協会が主催し、二〇〇一年から毎年行われている川柳作品の公募の名称です。本書は二〇一一年、二〇一二年の入選作を含む八十八首を集めた「シルバー川柳」傑作選となります。

日本はいま、四人にひとりはお年寄りという超高齢社会。「年をとるのはいやだ」「お荷物になるのはいやだ」という声は耳にするものの、若者よりむしろ元気、現役世代よりパワーのあるお年寄りは大勢いらっしゃいます。悩みや愚痴はあるけれど、そんなお年寄りのみなさんが言いたいことをもっと言える場所を作りたい、シルバー世代の暮らしぶりや思いを、もっとリアルに伝えたい、との願いが、この「シルバー川柳」誕生の背景にありました。当初は協会の二十周年記念事業として一回限りで行われる予定でしたが、予想以上の反響と、なによりも心をとらえる数々の名川柳にパワーをいただき、以来、敬老の日のある九月に発表という形で毎年行われるようになりました。

二〇一二年で十二回目を迎える「シルバー川柳」、最年少応募者は六歳、最高齢は百歳、応募総数はじつに十一万句を超えています。本書の作者の顔ぶれも、二十代から八十代、お住まいも北海道から九州と幅広いものとなりました。

生まれて初めての賞状

応募作の選定は同協会の広報委員会と事務局が中心となり、五次にわたる選考プロセスと、最終的には協会に加盟する有料老人ホームの入居者の方たちによる人気投票を経て、その年の入選作二十首が選ばれます。

作品は、まさに人生、そして時代を反映した力作ばかり。物忘れ、医者通いといった身近なテーマはもちろん、振り込め詐欺や年金生活、介護の悩みなど、作品世界は多岐にわたります。二〇一一年は、やはり東日本大震災に関する作品も寄せられました。

川柳の魅力の一つは、世代によって感じ方がさまざまということ。たとえば作品「目には蚊を耳には蝉を飼っている」は、実感できる人とそうでない人に分かれます。「留守電にゆっくりしゃべれとどなる父」は若い世代に人気がある作品でした。

作者の方との忘れられないエピソードもあります。入選作の決定後、毎年恒例の賞状を送ったときのこと。「生まれて初めて賞状をいただきました。勉強で一番になったこともない、運動会で一等賞をとったこともない。川柳でほめてもらったのは、長く生きてきてこれまでで一番光栄なこと。賞状は大切にして、棺桶に入れたいと思う」。生き生きした電話の声に、こちらが元気をいただきました。

誰もが進む、デコボコ道

アンチエイジングや長寿という言葉が世間を賑わしています。健康に、長生きすることは多くの人の望みですが、いっぽうで家族の形が変化し、お年寄りと一緒に暮らす機会も

ぐっと少なくなりました。「年はとりたくない」というけれど、気持ちよく、かっこよく、素敵に年を重ねている人は大勢います。

本書は、超高齢社会ニッポンの縮図でもあり、メッセージ集でもあります。作品を通して、いわゆるシルバー世代、お年寄りとの生活をもっと身近に感じてもらえれば幸いです。

年を重ねることは、誰もが進む道をゆくということ。山あり谷あり、楽しいことばかりではないデコボコ道だけれど、年を重ねたなりに見えてくる景色もあります。この本とともに、力を抜いて、楽しく歩んでもらえたらと思います。なお、諸般の事情で本文に掲載できなかった第十二回の入選作をここで紹介します。

「アイドルの還暦を見て老を知る」（二瓶博美、54歳、男性、福島県）

最後になりましたが、本書の刊行にあたり、作品の掲載をご快諾いただいた作者のみなさまに厚く御礼申し上げます。

社団法人全国有料老人ホーム協会
ポプラ社編集部

本書に収録された作品は、社団法人全国有料老人ホーム協会主催「シルバー川柳」の入選作、応募作から構成されました。

Ⅰ章　第十二回入選作
Ⅱ章　第十一回入選作
Ⅲ章、Ⅳ章　第四回〜第十一回応募作

＊　Ⅰ、Ⅱ章は社団法人全国有料老人ホーム協会選、Ⅲ、Ⅳ章はポプラ社編集部選となります。

＊　作者の方のお名前（ペンネーム）、ご年齢、ご職業、ご住所は、応募当時のものを掲載しています。

＊　なお31ページの作品は、「台所・お風呂の川柳」（キッチン・バス工業会主催、平成一九年）最優秀受賞作のため、入選を取り消しました。

社団法人全国有料老人ホーム協会

有料老人ホーム利用者の方の保護と、事業の健全な発展を目的として、一九八二年に設立された。高齢者福祉の向上をめざし、入居相談から事業者の運営支援、入居者基金の運営、職員研修など、活動は多岐にわたる。厚生労働省認可。

シルバー川柳 誕生日ローソク吹いて立ちくらみ

二〇一二年 九 月一一日 第 一 刷発行
二〇一七年 八 月二六日 第三六刷

編者 社団法人全国有料老人ホーム協会、ポプラ社編集部
発行者 長谷川 均
編集 浅井四葉
発行所 株式会社ポプラ社
〒一六〇―八五六五 東京都新宿区大京町二二―一
電話〇三―三三五七―二二一二(営業) 〇三―三三五七―二三〇五(編集)
振替〇〇一四〇―三―一四九二七一
一般書出版局ホームページ www.webasta.jp

印刷・製本 図書印刷株式会社

Printed in Japan N.D.C.911/126P/19cm ISBN978-4-591-13072-8